N

Bro

LYRIK IM QUADRAT

Sämtliche Bilder in diesem Buch enstammen Postkarten aus dem Nachlass einer netten alten Dame. Diese wurden von 1927 bis 1961 verschickt und sollen die Texte in freier Assoziation begleiten.

Florian Arleth
(Herausgeber)

Kuh

Eine Wiese umzäunt
das Gras steht hoch
Sommer geht darüber
hin Sonne Regen

Verwaist bleibt die Wiese
der Stall steht leer
kein Muhen läutet
den Abend ein
Weiche Flanken
wiederkäuende
Zufriedenheit

Unterm
schwalben
durchkreuz
ten Himmel

Blickreise

(Herrenberg)

Sankt Marienstaffel
bei Wintersonne
steile Stufen führen
in die Höhe

Dort thront die Kirche
dort wartet die Mutter:
komm nachhaus
rundes Ziffernblatt
am Zwiebelturm
vergoldete Zahlen:
Mensch bedenk

Helle Sandsteinquader
mein sind die Stunden
nicht geschenkte Zeit
Spuren der Steinmetze:

Boote einer Ausstellung

Bunte Obstkistchen
Papierboote
als Früchte
boatpeople
Origamistunde
harmlos fröhlich

Das Boot ist
voll wer wird
zuerst über
Bord geworfen

Leuchtet nicht so
Farben oder
schreit ihr schon

Tübingen

Holzmarkt Ochsenblutgiebel
drüben steckt die Lanze im
Rachen des Drachens
Heiliger Georg

Kirchenstille vor Weihnachten
vom Adventskranz durchduften
ora pro nobis echte Nadeln
den träumenden Chor
Vom Giebel herüber winkt
eine Aufschrift Buchhandlung
Heckenhauer Antiquariat
Hesses Lehrjahre die Sonne
weht mit lichten Haarfäden
durchs Gezweig kahler Baum
kronen an Kirche deinem Rücken

Blaues Band läutet von fern
Gruß der Alb Echo der Kirchen
stille oder ist es andersherum
Ochsenblutgiebel

Tag wie nachts zur Kirche
blickst du auf noch in der
Langen Gasse reicht Maria
den Segen aus warmen Händen

Wenn der Seele Schatten verklärt
einst noch seltsam der Himmel
offen er steht voll von Blitzen
Drachen Hexen er war noch immer
ist Ochsenblutgiebel Schnee über Syrien
ach bittrer Winter Menschen ziehn
vorüber Geschichten wie Wasser

Gedanken durch diese ochsenblut
rote Hand Gedächtnis Gehäuse
von Zugvögeln schweifend

DROGERI

Festzuhalten

Festzuhalten sei dieses
in der Abendsonne
war trotz des neu
rotischen Gebells
eingesperrter Nach
barhunde die

Schnelle Trommelei
vernehmbar eines
Spechts tock
tock und dass meine
Füße von Schuhen
und Strümpfen be
freit nackte Zehen
aneinander rieben
märzschüchtern

Primeln

Primeln sind schön
die ersten verzärtelt

Einzeln in Watte gepackt
leuchtende Farbtupfer an

Nur langsam sich lichtenden
Nachwinterhimmeln wie auch

Solche auf Märzwiesen die
nicht allein sein wollen

Undenkbar der Gedanke an
eine Singlewohnung

Sie lieben es Wange an Wange
singen spielen mehrstimmig

Schön sind sie alle
Primeln wie schön

Wozu sind Immortellen gut

Brennende Liebe Flammendes Herz
Seiltanz über welche Abgründe auch

Eisenhut aber steht wachend schweigt
wiegt den Kopf verrückte Welt dies

Setz dich nur nicht in die Nesseln
wozu sind Immortellen gut

Zu Kränzen geflochten an Gräbern
von Gretel im Busch er liebt mich
er liebt mich nicht am liebsten ist
er mir ohne Hut und Eisen der ge
spornte Ritter er liebt mich schön
indessen reich mir den Fingerhut

Jelängerjelieber

Spürst du fühlst du
wie ich dich umfange
umgarne umschlinge
je länger je lieber
wer könnte es
zärtlicher

Dieser aber zieht
es vor blau gespornt
den Ritter zu spielen
steil aufgepflanzt vor
sagen wir Madonnenlilien

Wer schmückte sich nicht gern
mit fremden Blüten was zählt
ist eine weiße Unschuldsweste

Weiß ist schön aber
das mit der Unschuld
dauert doch nicht lang
fragt sie und wirklich
Jelängerjelieber

Ihr Duft ist betörend
der Ritter der blaue
wie wird er schwach

Jetzt aber zeigt sie
ihm die kalte Schulter
Jelängerjelieber
und das Spiel
das gespornte
es beginnt
von vorn

Türkischer Honig

Wasserwerfer Tränengas Gefängnisse
gießen Worte zu Mahnmalen Taksim
Gezi durchlöchern das Gedächtnis

Viele werden fallen noch zerfetzte
Namen verbranntes Fleisch von
Worten zu Eingeweiden geballt

Geliehne Mütter nicht noch Väter
davongelaufne Mietlinge hörst du
die Hähne krähn nicht alle heißen

Petrus auf versiegelten Lippen zu
lesen Verrat bleib nicht stehn Gezi
lerne fliegen Taksim such deinen
Bienenstock hüte vor Dieben hüte
deinen kostbaren Honig hüt ihn gut

Tübingen Café Binder

In rote Sessel tief gebettete Gedanken
durchs Sprossenfenster winken Efeu
blattranken ziegelgedeckte Dachgiebel
Hof und Herd Kinderschritte im Altenteil

Am rüschenbesetzten Lampenschirm
hoffnungsloser Altmodischkeit mit sieges
bewusstem Lächeln die Landkartenstirn
bietend entspinnt sich allmählich bedächtig

Der Faden eines langen Gesprächs Vergangen
heit Geschichte losgelöst völlig jeglicher Ver
haftung an Vergangenes zu lernen ist auswendig
rückwärts vorwärts das Lächeln der Rüschen

Am Lampenschirm beide Füße bodenständig
geflügelt sicher auf gemaserte Holzdielen
gestellt fahr aus Seelenschiff fahr hinaus
vom Hafen draußen wartet der Wind

Mutter Lampenschirm

Großer runder warmer Schoß
sei mir die Mutter die ich
suche Tag wie nachts durch
die eisige Verlorenheit von
Jahrzehnten hindurch

Lass mich spielen zwischen
deinen Rockfalten halt
meine Hand halt fest
die nicht mehr klein
doch ewig hungrig
bleibt nach dir

Näh mir deine
Rüschen auf
die nackten
Lippen stille
das Weinen
im Niemands
land stell mir
dein Licht
Mutter
hinein

Eine Zinnie als Antwort

Zinnien rollen
glühende Raketen
wagenradgroß
untertags

Wachsenden Dunkel
heiten entgegen
Herbstglocken
läuten

Kältegewitter Syrien
betrognes zerfetz
tes Land

Mister Assad
dies ist ein
Attentat

In den Lüften
eine Zinnie
als Antwort

Birkenblatt

Segelst gelbes Etwas
schaukelst schimmernder

Lichtfleck gewiegt von
unsichtbaren Armen

Gaukelst
Augenblicksewigkeit

Schmetterlingsflügel
schlag

Löst die
Leinen

Heimat Baumkrone
enger schlag den Bogen
Noch diesen Sommer lang

Sieh auf dem Wasser
Seelenwanderung

Um mich schwimmende
Sonnen schon

Rotkehlchen

Glockentöne silbrig
filigran gesponnen
wie Dezember
sonnen

am kalten Himmel
Zwischenwelten
Herztöne ungebo
rener Kinder
Fuß
Spuren oder waren
es Flügel Wetter
leuchten an der
Brust

Der roten eine schwe
dische Dichterin
zeichnete dir
Golgatha

ins Gefieder du
singst Vogel dich
unter die
Haut

Kleid im Kopf

Ich näh mir
ein Kleid
ein Kleid
aus Kirsch
baumblüten

Wie Federn
so leicht
das Kleid
wie ein
Fischleib
geschuppt
das Kleid

Sonnen
spiegeln
sich darin

feuriges Rot
im Kleid

Flammen
es brennt
der Dorn
busch
Moses

Leuchte
mein Kleid
mein kirsch
baumblüten
blättriges

Droben die Kapelle

Rammertwald
saum dunkel
noch

Schlehen
ein weißes Win
ken der Wachol
der aber ernst

Er am Fuße
der Kapelle
droben steh
et und die

Wiese und
die Quelle
mehr als

eine Dichter

Laune so voll
jugendlicher Un
schuld das Glöck
lein läute dem Früh

ling nicht weide
meine Schafe
das Idyll
zerbricht

Ein Lämmlein
geht Schächter
dein Messer
voll Blut

Die Kapelle
wie schaut
sie still

wie still

Am erkalteten Himmel

Am erkalteten Himmel höre
wegrationalisierte kaputtdes
infizierte Lebendigkeit aus
gehungert wage noch vom

Himmel zu träumen auf die
Sprache des Engels zu zäh
len dich nicht abspeisen zu
lassen von Beipackzettelrhe

torik zurechdesignt auf
simulierter Tagesagenda
positioniert morgen schon
ohne Wimpernzucken abser

viert höre am erkalteten Him
mel höre Schwalbe ihr Schrei
sprengt sich durch Wüsten die
Lava deiner Kehle düngt Blu
men anderer Art an deinen
Flugarabesken sammeln sich
Ströme and no tears frozen no
more no tears on childrens cheeks

Irre müde

Alte Choräle vielstimmig im Ohr
die sie sangen schweigen längst
gute Geister wenn nicht selige
zwischen abtickenden wie

Waisenkinder heimatlosen Stunden
jedes Haar aber auf deinem Haupt
gezählt ist weißt du noch wie rat
los blickst du ins Folternirwana

O leerer Blick war welche Fenster
weiten sich dir ich ausradiert ich
endlich ausradiert ist armes Ge
schöpf Brände an papiernen

Worten in Goldrahmen war nicht
ist selbstbestimmt ganz gewiss
es ist ein Sterben
o dass ich tausend Zungen hätte

Wie dieser Sonnenball wie er verglüht
keine Nacktheit für jene Stille die
noch tausend Kleider trägt wie irre
müde deine Augen doch sind dieser Welt

HOTEL SEEBURG
CHIN

Asyl in Blau

Alter Apfelbaum wärst abgehaun
längst dieAxt dir an die Wurzeln
gelegt unter kahlgerechneten Kos
tenfaktorwüsteneien nein können

Wir nicht nein dieses Gebiet ent
zieht sich dem Zugriff finanzge
bundenen Handelns haben wir ir
gendwann im Mantel schicksal

Ergebenen Gehorsams uns je ge
stoßen an der Dreistigkeit die Ver
beugung verweigert vor der Selb
stherrlichkeit jener Rituale nein

Inthronisierter entpersonalisierter
Finanzkonstrukte haben wir nicht
einen anders gearteten ist dies uns
er einziger Daseinszweck: Märkte

Wegen Apfelbaum deiner leichten
Last wenn sie blüht zur Sonnwend
wenn sie in zärtlicher Umarmung
dir hundert duftend blaue Wangen

An Stamm und ins Geäste legt
und du dein faltiges Gesicht:
Ich singe trotz brüchiger Sti
mme meinem Gastrecht
nicht abgeschlagen
auf Erden ein Lied

Besuch in Mirmande

Vom Foto blicken Gesichter
Momente eingefangen Bege
gnungen wo warst du wer
déjeuner sur l´herbe

Schützengräben Trauben
ernte wieviele gefallene
Söhne beweint die Mutter
oder jene aufgeschlitzten

Pferdeleiber zwischen ge
brochenen Herzen vallée
de la Drôme jeden Somm
er duften die Lindenblüten

Süßer und diese alte dickge
äderte Hand schneidet Stücke

wie immer von der noch war
men galette kommt und esst

Ein schmaler Träger vom Kleid
der Tochter leuchtet unter den
Bäumen oder war es die Enke
lin weißt du noch wie der Mühl

Stein sich drehte Kühe und Och
sen zogen den Pflug durch die
Felder hier wie in Möttlingen
Joseph prisonnier de guerre

Schlägt die Dreschflegel in den
Scheunen über seinem Grab Mir
mande dein cimetière glüht rie
sig Juni dein Sonnengesicht im

Schatten der Bäume Kind und
Kindeskind wechseln Worte wie
Hände ihre Besitzer blicken Ge
sichter schweigend über Grenzen

Hinweg als wären es Schollen die
zu beackern einzusäen an der Zeit
oder aber unter Bäumen zu sitzen
vielmehr im Schoß die Hände nur

Kariert

Kariertes Papier heute aufgetürmt zum Gefängnis
Gitterstäbe kreuz und quer vor den Augen vorm
Fenster keine Pritsche in der Zelle abwaschbar
die farblosen Fliesen Papier nicht mehr als nur

Ein einziges Blatt Papier das leer wie voll
zur Bedrohung mutiert den letzten Tropfen
Blut saugt es dir früher oder später hier aber
sei Schluss Konzentration auf Zwischen

Räume sie sind vorhanden ziehen Furchen
weichen zurück verschwimmen vorüber
gehend bleiben dennoch im Blickfeld nie
mals dem Gefängnis bleibe das letzte Wort

Bis Augenfinger beginnen Kreise zu malen
über Karos hinweg Erdbälle Welten uner
messlicher Weiten Orte der Sehnsucht Seen
hinzufügen und Salzkrusten von Wunden

Zugvögel

Flügel ohne Zahl
zwischen Fenster
fluchten hingestreut
wie Sand gefärbt
von Abendröte

Nähmst du Flügel
flögst auf einer ein
zigen Blattspitze
während eines
einzigen Atem

Zugs dein Traum
o Hybris dein Brot
und Herz deine Mitte
übers äußerste Meer
hinweg dort und nicht

Hier steht eine Tür offen
während zurück du schon
wieder bist an Tisch und
Stuhl unter der Lampe
zwischen Fensterfluchten

Es ist Herbst Blätter schwirren
wie Zugvögel Gedanken auf
ihrem kurzen Weg zur Erde
zähle Ewigkeiten als trügen
Flügel als kämen sie nachhaus

Besuch der braunen Libelle

Auf meinem rechten
Arm sitzst du
während die
Hand schreibt
Vorsicht

Was suchst du
Libelle was
willst du

Was bringst du
mir den Sommer

Als Souvenir
Deine vier Flügel
Rücksicht

Auf das Wichtigste
durchscheinend zart
zerbrechlich

Ganz nah
mitten am Rand
Herbstlibelle
des Lebens

Nachgeblickt

Jetzt seid ihr weit
in aller Ferne wie
hinter dichten Wolken
ein Stück vom Himmel

Wüstenschreie durch Tannen
wipfel es glüht eine Stille in
klirrender Kälte wehen Herz
kammern eure verwaisten Fah

nen des Wartens langer Schmerz
bis unter sengender Sonne bis
ein Gesang höre Hölderlin deine
Harfe Wiedersehn Schwalben

Stadtansichten

Dicke Kindsbäuche durch Straßen
über Plätze getragen volle Körbe
reiche Ernte schön dass sie nicht

Mehr schamhaft vor Blicken ver
steckt unter endlosen Stoffbahnen
ihr Dasein fristen wirklich schön

Störend nur ein notorischer Miss
ton soldatische Untermalung krie
gerisch welche Hypothek für Un

Geborene im Wasser euch Wiegende
als Trophäen herhalten zu müssen

Ungefragt von Kopfjägerinnen

Festtag

Sommerkleider in der Stadt
Blume um Blume als sei ein
geheimes Fest abgesprochen
der Leichtigkeit Unschwere

Vielleicht auch nur dass heute
keiner vor die Hunde ging ent
führt abgeknallt erwürgt oder
sonstwie erledigt wurde direkt

Vor unserer Tür an unseren ge
deckten Tischen dass es noch
rot durch unsere Adern fließt
wir den Wasserhahn aufdrehn

Gedankenlos als sei ein Fest
und dass diese Kastanie hier
heute Blätter noch trägt

Frühling

Wenn der Fingersatz nicht mehr
stimmt wenn an irgendeiner Stelle
der Ton hängenbleibt sich umdreht
upsidedown so hängen wir dich beiß
die Zähne zusammen blutiger Lappen

Das war eine Zunge seit wann ist Buch
stabieren so schwer Flieder Lilie Schwert
Maiglöckchen zähle Arche dein Getier kannst
du den falschen Ton nicht löschen lau ist der
Abend Kinderstimmen als wäre alles gut als

Sänke satt die Sonne an ihrem entschwundenen
Rund könnte heilen einmal Erinnerung deine Wunde

Mondschaf über Uruguay

(Anm.: auf eine Zeitungsnotiz Anfang 2013:
Genforscher aus Uruguay sollen
leuchtende Lämmer gezüchtet haben)

Verbirg deine Augen Tier vor Sonnenlicht
du wandelst in Finsternis verdammt auf
ewig zu leuchten noch im schrecklichsten
Moment deiner angeblichen Sicherheit
wegen als Ziel
scheibe unge

Schützt den als Hirten getarnten Jägern
eine wie Sonne Mond und Sterne leucht
ende Stirn darbietend seht das Lamm es
trägt seine Last es trägt zu schwer im Glas
haus schlägt von
Maschinen gepulst

Wie ein Patientenherzmuskel nicht enden
wollend höllisch lebendig gelb wie Sonne
Mond und Sterne Nacht wie Tag gleichge
schaltete Folter kein Vlies aber
golden das dich schützte

Thanksgiving

Brotzeit so brich dem
Süchtigen Zeit brich
Übersättigten das Brot
als Stab gebrochen ent
zwei längst über Köpfen

Vernebelt von Datenclouds
wo ist der Himmel dahinter
wer spräche von Ewigkeiten
unser Fluch Unsterblichkeit

Stirb schneller Mama stumm
zwischen Herz und Hirnschritt
macher blicken wir uns an sprach
los bücken uns nach Ähren wie
Ruth in der Fremde unter eigen
er Haut die verlorene Klage

Berlin
Holocaust-Mahnmal

Graue Steine quergelagert dunkle Ruhe
glatte Oberflächen eine Hand fährt aus
Fingerkuppen suchen den Blick hinten
ans noch maigrüne Blätterband geheftet
ein Horizont über der Steinwüste oder
ist es ein Meer – jetzt heller -

Kinderstimmen neben der Bedrückung
spielen wir Versteck ich hab mich verirrt
du stehst vor Sarkophagen kein selbstge
wähltes Schicksal am Ende Straßenschluch
ten über Köpfen zusammenstürzend durch
diese hohle Gasse muss

Wer wohl kommen – ein Abendhimmel -
- und Schwalben schönes Bild manche
Steine haben Risse von oben bis nach
unten durch und der Vorhang im Tempel
er zerriss und allmählich verstummen die
Kinderstimmen verlöscht das Licht

Septembererdbeeren oder
Chinesisches Lehrstück

Rote Nabelschnüre ziehn sich
über Flusskiesel im ausgetrockneten
Becken als dichte Geflechte

Daran hängen Kinder von
wilden Erdbeeren sie schieben
hungrige Wurzeln zwischen den
runden Steinen in die Tiefe

Und dreiblättrige wie mit
einer gezackten Schere
ausgeschnittene
zartgrüne Pflanzen
stracks in die Höh

Sie erobern die Steinwüste
entlang krebsrot leuchtender
nackter Spinnfäden
eine ganze
Erdbeerarmee

als chinesisches Lehrstück
Sieh an diesen Nabelschnüren
hängen Welten hängt die einzige
Welt ereignet sich eine rote
Eroberung mit grünem Ausgang
und morgen süßen Früchten

Still liegen die Steine
unverrückbar mit grauen
Mienen Erdbeerblätter als
Fahnen einer äußerst gefähr
deten doch eingefleischten Hoffnung

Hellrot die Schnüre pulsierend
eingetrocknet nicht wie die
Blutpfützen auf dem Platz
des Himmlischen Friedens

Davon singen sie ihr endloses
Lied vorwärts und rückwärts
Erdbeerkinder begleitet vom
Ostinato des Winds

HOTEL DE FRAN
ANITA-PLAGE
BUFFET FROID
GLACES
JUANITA-PLAGE
A SON BAR
Juanita-Plage

Zuletzt in dieser Reihe erschienen:

#6 **lutz brien** „wagnisspur".

26 Texte mit Schwarzweißfotografien des Autors.

96 Seiten, ISBN: 978-3-942637-60-2.

Lyrik im Quadrat ist die neue Veröffentlichungsreihe von Brot&Kunst und Der Kleine Buch Verlag, ist zeitgenössische Dichtkost, Grenzen überschreitend, Generationen übergreifend, die Lebenskunst quadrierend. Jedes der Bücher misst einhundertundfünfzehn auf einhundertundfünfzehn Millimeter und ist damit Taschengrößenerprobt, wie auch auf das Wesentlichste reduziert. Auf fünfzig bis einhundert Seiten enthält Lyrik im Quadrat stets Texte in Kombination mit Bildmaterial, das von Fotografien über Typografiken bis hin zu Gemälden reicht.